Emma Delfs-Hansen: Dörpsgeschichten

EMMA DELFS-HANSEN

Dörpsgeschichten

1983

SKANDIA VERLAG — N. A. SØRENSEN KG

FLENSBURG

Illustrationen: Gertrud Seemann

1. Auflage 1977
2. unveränderte Auflage 1979
3. unveränderte Auflage 1980
4. unveränderte Auflage 1983

©1977 Skandia Verlag - N.A. Sørensen KG, Flensburg
Druck: Offsetdruck Leupelt, Harrislee

ISBN 3 88060 009 0

Emma Delfs-Hansen ist als Bauerntochter in einem einsamen Gehöft auf der Geest aufgewachsen. Als jüngstes von vier Geschwistern fing sie schon früh an, Gedanken und Beobachtungen niederzuschreiben und z. T. auch in Kurzgeschichten zu veröffentlichen.

Krieg, Studium, Beruf und Erziehung ihrer beiden Kinder nahmen später Zeit und Kraft in Anspruch. Heute lebt sie als Lehrerin in Flensburg und widmet sich neben dem Beruf der Pflege der plattdeutschen Sprache, die ihr und auch ihrem engeren Familienkreis sehr am Herzen liegt.

Obige Zeichnung stellt das Hofwappen der Familie Hansen dar.

WAT IN DAT BOOK STEIHT

Fischfest

Keen Vergnögen in Utsicht! Keen Dörpshochtied, keen Füürwehrball (de weer wesen) un Johrmarkt keem erst in'n Harvst. —

Johrmarkt, jo, dat weer wat. Dree Dag geev dat Teepunsch! Nich dat uns Johrmarkt dree Dag duern dä; dat jo nich, awers en Dag vörher fung man an, sik an de Punsch to gewöhnen. Denn, — an de Markdag, — güng dat los för dull un för blind. Ja, un denn müss man sik dat jo ok mal langsam wedder afgewöhnen. Dat geiht nich von hüt op morgen, doar hört Tied to, dree Dag müss man reknen.

Awers as ik all seggt heff. Johrmarkt weer in'n Harvst, un nu weer Fröhjohr.

Wi harrn Krieg hatt, dat weer all en Reeg von Johren her, awer de Nahollbedarf weer jümmer noch groot. — Man müss sik mal wat infalln laten, menen de Lüüd, as se na de Meierieversammlung in de Krog bi'n Teepunsch seten.

Doar keem Klaas Fink mit en bannig plitsche Idee. He weer doch letzte Johr in Holsteen wesen, bi sin Swager. Gewiß, Holsteen weer wiet weg, — un man bruukt jo, weet Gott, — nix von de Holstener Buurn annehmen. Man weet jo sülm, wat man doon un laten schall, — awers, — de Idee weer nich slecht!

De harrn doar in Holsteen so en lütte See bi't Dörp, un doar harrn se doch — sage un schreibe, en Fischfest hatt. —

Doar woer en Telt opstellt mit Köm un Beer un mit Musik, — un danzen harrn se ok kunnt. —

Ja, un denn keem doar en Pump ran, un denn weern se anfungen un harrn de See leerpumpt. —

Dat harr en paar Dag duert, geiht jo ok nich glieks allens so, as dat schall, awers na dree Dag weer dat schafft. De Tied weer jüm nich lang woarn. In't Telt gev dat jümmer noch Köm un Beer genoog, de Slachter keem mit Wust un de Bäcker mit Rundstücken, kunn nix bi scheef gahn. Minsch, weer dat en Hallo wesen. Stadtlüüd weern ok kamen un harrn düchtig mitdanzt un fiert.

Ja, un denn harrn se doch tatsächlich Häk un Aal ruthaalt, un wat för grote Beester. — De weern denn all na Kiel levert worrn, in en „Restaurant für Feinschmecker". De harrn goot betaalt. Worüm ok nich? Sülm wulln de Lüüd ut Dörp de doch nich eten, de smecken doch jümmer so en beten modde-rig. — Nä, wenn dat Fisch sin schull, denn en ordentliche Bütt in de Pann oder en Hering in Suur. —

Dat Geschäft weer nich slecht wesen, un bannig Spaß har dat ok maakt!

Ja, de Saak weer goot, dat düchen se all tosamen.

„Awers", sä Hannes Schoster, „wi hebbt jo man nich so en See, as de in Holsteen. Wat maakt wi nu?"

Nä, en See harrn se nich, awers tööv mal, tööv mal, doar is doch en Mergelkuhl in Fiete Koock sin Wisch, dat müss doch gahn. —

„Ja, dat behollt wi mal in't Oog. Liggt jo ok richtig smuck doar an de Kant von de Ekenkratt.

„Nächste Week ropen wi en Dörpsversammlung in, dat mutt de Gemeindevorsteher maken. Ja, un de Schandarm mutt ok kamen un denn de Schoolmeister, he schall ok gern doarbi sin. — De Paster lever nich, nä. — He is jo sünst keen Kost-verachter, dat kann man nich seggen, awers so bi en „weltliche Fest", nä, doar schall he doch man butenför bliven.

Awers de Schoolmeister mutt mit, he is jo ok Füürwehr-hauptmann. Doar lett sik jo ok wat mit maken, mit de Füür-wehr. Un he is jo ok nich dösig, is mannigmal nich dumm, wat he seggt. Un supen kann he ok: Minsch he hett doch för korten Hannes Meier ünner den Disch sapen, un dat will wat heten. Ja, he schall mit. Un wenn dat denn jüst mal so hendröppt, denn bliven de Kinner mal en Dag to Hus. Dat möten se jo ok, wenn he Swien levern deit.

Doar kanns nix to seggen, dat mutt sin.

Un de Snieder mutt mit, Snieder Hecht. He hört jo egentlich nich to uns, he is jo ut de Stadt. Awers he is jo all tein Johr hier, un sin Moder is jo ok hier geboren, se hett jo blot na de

Stadt henheirat. Man kann jo binah seggen, ja binah kann man dat: de Snieder hört doarto. — Wi sünd jo ok op em anwiest, sotoseggen. Ohne Büx kanns jo slecht lopen: Un denn noch wegen dat Riemelsmaken: Wat har he dat doch fein henkregen bi de ole Smitt sin goldene Hochtied. So richtig mit Jubelpaar im weißen Haar, mit Herz und Schmerz und Treue ohne Reue, mit Lenz und Mai und nun vorbei — un so. Ik kann dat nich mehr so richtig henkriegen", sä Klaas, „awers min Fru, de kann dat noch richtig fein. As se dat förgüstern min Swester vertellt hett, Minsch, wat hett se doar noch weent, so neeg is ehr dat gahn. Sünd jo ok Onkel un Tante von min Fru", sä he.

„Ja", sä Hannes, „Arvonkel, nich? Ja, ja, je öller so'n Lüüd warrn, üm so mehr markt man, wat man von jüm holln deit, nich?"

Dat weer denn nu afmaakt, en Fischfest schull doarto.

Klaas Fink, he har jo de Idee hat, un he har ok Ahnung doarvon, he schull Vorsitzende von dat „Festkommite" warrn, un denn schull he en Stab hebben, de müssen all mitmaken, „nach bestem Können".

Doar woer raatslaan, hen un her, un de Kröger harr nie soveel Besöök as in de Tied. Awers wat sien müss, dat müss sien. Ers müss doar nu mal en „Bekanntmachung" to, un, wat jo jümmer mächtig henhaut, — en Festhymne, en, de so richtig ingeiht bi jung un old. De müss de Snieder maken, he kunn jo dichten.

Ja, oha, doar weer noch bannig veel to doon. — Dat weer intwischen Maidag, un nu weer dat sowiet. De twete Sünnabend in de Monat schull dat grote Fest sin Anfang nehmen. Bi de Mergelkuhl stünn dat mächtig grote Telt, un de Kröger har doar Quateer betrocken mit Fru un Köksch. Dischen un Bänk weern opstellt, un en Podium för de Muskanten. De Beertönnen stünn achter't Telt, un en lütt Stück wieder lang weer de Dunnerbalken. An allens weer dacht. Nu kunn dat losgahn.

Bi Karsten un Tine Petersen op de Deel weer ok Utschenk. Tine back Appelkoken, un ehr Dochter kaak Kaffee, un denn kunn man doar dree Appelkoken mit Plummen un en grote Tass Kaffee för dree Gröschen kriegen. Ok en Teepunsch, wenn dat sien müss. —

Un de ole Julius seet doar mit sin Harmonika un quetsch jümmer noch en rünner.

Doar weer bannig Leven in de Bude. —

Nameddags keem de Füürwehr anmascheert mit Trommeln un Trompeten — un mit de Pump.

Uns fröhere Gemeindevörsteher holl denn de Festrede, dat har he all jümmer so fein kunnt. De Blaskapell gev en Tusch.

Peter Martens klatter op Fiete Kaack sin Melkkannenrick, un den gung dat los:

Liebe Gäste, liebe Freunde!

Wir Bökbeker heißen euch alle herzlich willkommen zu unserem Fischfest. Es ist das erste Mal, daß wir in unserer Gemeinde eine solche Veranstaltung auf die Beine stellen. Wir haben, wie ich überall feststellen konnte, alle Vorsorge getroffen, damit jeder sich bei uns wohlfühlt. Wir auf dem Mittelrücken verstehen es, unsere Feste zu feiern, und wie das kommt, das will ich mal verklaren:

Sehen Sie, ich denke mir unser Schleswig-Holstein immer als ein Schwein. — Wenn ich so vor einer guten Schlachtsau stehe, denn kann ich das so fein einteilen.

Rechts der Bauchspeck, das ist die Marsch, und links der Speck, das sind Angeln und Schwansen. Beide Seiten sind nicht zu verachten. — Wir hier, wir sind der Rücken, aber, liebe Freunde, da sitzt die Karbonade, und das ist doch wohl das beste Stück von so einem Schwein, nich to dröög, un nich to fett. Un doarup, leeve Landslüüd, sünd wi bannig stolt, dat wi so en richtige, dörchwussene Stück Karbonade sünd.

Nich to dröög un nich to fett, dat is de richtige Mischung. All to veel Fett, dat sleit licht op de Maag, un all to dröög, dat makt dveerig un untofreden.

Wi hier hebbt all jümmer en gode Kaldun hatt, un dat hört doarto, wenn man en richtig vergnögte Fest fiern will.

In diesem Sinne also: Unser Fischfest soll leben, unser Dorf soll leben, und unser Schleswig-Holstein soll leben: Hoch, hoch, hoch!"

Un denn blaas de Füürwehr mit vulle Kraft: „Schleswig-Holstein meerumschlungen", un alle sungen mit, so röhrt, so vergnöögt un so luut, dat de Kreien in't Kratt för Schreck afstoven un de Köh dat Beesten kregen. —

Un denn güng dat na de Kuhl. Doar woern denn Zettels utdeelt, un denn sä de Füürwehrhauptmann: „Sie hören jetzt unsere Festhymne, die unser Freund, Schneider Hecht, zu Ehren dieser Veranstaltung eigens gedichtet hat. Ich bitte alle, kräftig mit einzustimmen nach der Melodie: »Als wir kleine Kinder waren, spielten wir Soldaten«. —

Un denn güng dat los:

> Op de Wisch bi Fiete Kaack
> soll das Fischfest steigen;
> denn doar is dat Mergellock

un da wird sich's zeigen
ob durch Pumpen man erreicht,
daß das Wasser schwindet
und man auf der Kuhle Grund
Hecht und Aale findet.

In't Telt gift Arvensupp
un veeles mehr,
un to de Danz speelt op
de Füürwehr.
Dat ward en feuchte Fest
mit Köm un Beer,
as dat in unse Dörp
all jümmer weer!

So fein güng dat noch nich, doar kreien noch en paar
Fruunslüüd an de Takt vörbi, awers dat maakt nix, kann jo
nich jümmer glieks allens fungschoneern. —
Un denn keem wedder en Kommando von de Füürwehr-
hauptmann: „An die Pumpe! Marsch!"
Een — twee, een — twee güng dat, un dat Water glucker
dörch de Schläuch un leep lang de Krattweg rünner na't Moor.
Dat gung jo as de Dunnerdeubel, awers so recht kunn man
doch nich marken, dat dat weniger woer. —
Na, ja, Tied weer jo genoog, se kunn' ok ers mal verpusten.
Se woern jo rein warm doarbi.
Denn man rin in't Telt un en paar Köm un Beer dörch de
Gurgel, wo schall man ans bi Kräften blieven. — Doar weer
de Kapell all mächtig in de Gang: „Herut mit de Olsch in de
Fröhjohrsluft", schmettern se, — un danzt woer ok all. Mann,
weer dat en Spaaß!
Hein Block har all ganz rote Ohren. He stünn op un gröhl
över de Dischen hen: „Lüüds, laat doch de ole Pump stahn, de
Aal loopt jo nich weg! Ta rum — tum — tum — tum! Hau de
Olsch mit de Pann för de Mors, das ist der Tag des Herrn!
Prost denn!"

Ja, dat güng hoch her. —

Dat weer Aabend, de Maan schien so fründlich herünner, överall weer Juchen un Lachen, un de Kapell speel: „In der Nacht, in der Nacht, in der Nacht, in der Nacht, wenn die Liebe erwacht . . ."

Ik heff jo all seggt, för allens weer sorgt. — Ji schüllt nich glöven, dat dat blot hüüt-to-dags „Eroscenter" givt, o nä, de harrn wi in Bökbek all damals. — Achter Hein Kaack sin Swienstall stünn en ole Schüün, doar weer noch allerhand Stroh in, — un doar schall dat „Eroscenter" wesen sin, — (dat hebbt se mi vertellt) — un de is goot besögt wesen, un dat hett keen Intritt kost!

Mathilde Ralfs schall goot doarbi wegkamen sin. Se weer all jümmer begehrt, doch meist bi't Röbenhacken un Kartöffeltrecken, doar weer se so fix. Miss Bökbek weer se wull jüst nich worrn, wenn doar en har to schullt. Awers dat weer Maidag, un in de Schüün weer dat düster, un dat weer goot so. —

„Partnertausch" schall dat damals ok all geven hebben. Kann ik jo meis nich glöven, awers vertellt hebbt se mi dat. —

Dat hangt jo doarmit tosamen, dat se menten, Peter Schlump har sik ophungen. Dat weer so: Tine Karsten müss mal ehr Water laten un güng achter de bewußte Schüün. Awers se keem nich doarto, so en Schreck kreeg se. Doar stünn nämlich en Ledder an de Wand, un an de Ledder hung en Kerl mit de Kopp dörch de Tralljen un röög sik nich. Dat weer Peter Schlump! —

Se schreg luuthals üm Hülp, un as de Lüüd anlopen keemen, stamer se: „Kiek, kiek, — kiek — doch blot, doar hangt P-p-p-peter. O Gott, o Gott, dat har doch nich nödig daan, so neeg schull he sik dat doch nich nehmen, dat sin Minna mit Karl Mees in de Schüün gahn is. O nä, o nä! Dat is doch nich alle Dag Fischfest, un he is doch ok sünst nich so pingelich. Nä, wat nu doch blot?!"

Un denn güngen se hen un wullen Peter vörsichtig von de Tralljen nehmen, awers — — — Peter weer nich doot. „Laat mi in Roh", knurr he, „ik slaap."

Ja, un dat dä he ok. Bi em weern de Punschen överlapen, un as he sik buten en beten Luft maken wull, weer he doarbi inslapen, mit de Kopp dörch de Tralljen, denn kunn he jo ok nich ümfalln. Dat weer nich dösig dacht!

So weer dat nu mal, Minna har af un to ehr löpsche Tied, awers dat güng förbi, se keem jümmer wedder. —

As nu de Heven in Osten rot woer, doar besunnen de ersten sik, dat de Köh jo wull strippt warrn schulln. So töffelten se denn los, de eene mit krumme Kneen un twee dwatsche Fööt, de annere mit luute Gesang. Hier un doar leeg mal en an de Wall un sleep, awer, dat maak jo nix, Slaap in't Frie is gesund, överhaupt to Maidag.

De Paster hett wull Sünndagvörmiddag en beten dumm keken. De Kark weer meist leer. Stine Schramm un Trina Thiesen weer jo doar, de Paster sin „Stammkundschaft". Se weern jo ok nich to Fischfest wesen! Se seten doar mit de swatte Hoot un dat suure Gesicht. —

Trina Thiesen keem jümmer ehr Christenpflicht na, — in de Kark, — in't Huus schikaneer se ehr kranke Mann, — awers dat seeg jo keener. —

Doar weern noch so'n paar Lüüd ut dat Karkspeel, awers de weern ok dünn seit. —

De Köster speel Orgel, de Kinner de sungen, un de Paster holl sin Predigt, allens so, as sik dat hört. —

Sünndagförmiddag, Klock 11 gung dat op de Festplatz all wedder los. Doar storme dat ole Regiment von unsen Füürwehrhauptmann dat Telt. „Sprung auf! Im Laufschritt! Marsch!"

So kemen se denn ut de Tuun, von't Kratt un achter de Wall rut. Minsch, weer dat en Hallo. Ganz von de Stadt weern se kamen, mit de Tog, un denn na uns Dörp mascheert, weern utschwenkt un harrn op de Luur legen un op dat Kommando tööft.

Nu gung dat rin in't Telt. Doar geev dat Arfensupp un Speck, un denn Köm un Beer. De Musik speel so richtig mit Swung „Friedericus Rex" un de „Donauwellen", „Püppchen, du bist mein Augenstern" un dat Stück von de Nordseewellen, un jümmer wedder de Festhymne: „Op de Wisch bi Fiete Kaack . . .", un all süngen se mit. —

Pumpen dä'n se ok all wedder, awers doar weer noch keen Utsicht, dat de Kuhl leer woer. Maak jo nix, Donnersdag weer Himmelfahrt, denn schull liggers ers de grote Fang för sik gahn.

Klock twee güng dat Danzen los. Doar weern denn ok de flotten Kerls von de Füürwehrhauptmann sin Regiment, un so keem doar richtig Fahrt in de Kraam —. Na, laat jüm, so harrn de Bökbeker Mannslüüd richtig Tied, en to kippen. Laat de Fruunslüüd doch loshoppen, wenn se Lust hebben!! De Jungkerls leten sik jo nich afdrängen, dat weer jo wull noch jümmer schöner! — Un so güng dat Fest mit Jubel un Trubel, bit de Heven in Osten rot woer.

Mondag weer School. De Kinner weern all doar, de Scholmeister ok! As he sik awers bi Meta Hein op de Bank sett, un ehr dat Reknen nasehn wull, doar rück se vun em af un rümp de Näs. „Na, was ist denn, Meta?" frag he. „Du stinkst", sä Meta, „du stinkst nach Sprit." —

Wat schull he doarto seggen, dat weer jo wull ok so. Kunn dat denn anners wesen, na twee Dag stramme Deenst?

„Ja, hm", sä he, „rechne man weiter, Meta." —

De Dag güngen hen. Arbeitet woer ok, von de meisten doch, awers wülk weern direkt „unabkömmlich" bi dat Fischfest. De güngen gar nich ers na Hus, dat lohn sik nich, de müssen doch glieks wedder los. — Wenn awers an'n Abend Köh un Swien un Höhner ehr Pass kregen harrn, denn woer wedder danzt un drunken un fiert. De kemen rein nich mehr achter de Pust.

Pumpt woer ok, man kunn sehn, dat dat Water nu weniger wörr.

Von Mittwochmiddag an pumpen se mit vulle Kraft, denn op Himmelfahrt müss dat jo leer sin, denn weer dat sowiet. —

Himmelfahrtsmorgen weer en Fröhjahrsdag as ut en Billerbog, de Sünn schien un de Vagels sungen. In alle Hüüs güng dat fix mit de Arbeit, denn allens wat Been har, schull mit to dat Fest. — Klock twee weer fastsett, denn schull dat letzte Water rutpumpt sin und de Fisch fungen warrn.

Doar weer mächtig wat los op de Festplatz. Twee Blaskapellen spelen en flotte Marsch achter de annere. Rund üm de Kuhl stünnen de Lüüd, Kopp an Kopp, un de Füürwehr pump, all wat dat Tüüch holln kunn. — Doar keem ok all wat to'n Vörschien: en Wagenrad, en Holtschoh, en ole Ammer un — de Lüüd kreegen dat Gräsen: en Geripp!! — Awers dat müss jo wull en Hund sin, de har en Tau üm de Hals, doar weer en Steen antütert. Doar weer keen Tyras oder Leo oder Karo mehr to kennen.

Kanns nix maken, dat keem mal vör, dat en de Hund afmurksen dä, wenn he eenlich sin Herr meen.

Dat glucker un schnorchel doar ünnen. Doar weer man blot mehr en lütte beten Water, sünst swatte Slack un dat ole Gerümpel.

Dat Pumpen holl op, dat weer ganz still. All de Lüüd keken rünner, awers doar röög sik nix, rein gar nix.

De Bürgermeister stünn doar un schüttel de Kopp, de Füürwehrlüüd fluchen, all weern se raatlos, un Fiete Kaack sä: „Nä, wat en Blamaasch, wat en Blamaasch." —

Op eens weer doar en Gerangel op de annere Siet un en Spektakel, un denn suus wat dörch de Luft un klatsch rünner in dat swarte Slack. Allens weer baff. Blot Markus Slachter stünn an de Kant, reef sik de Hannen un gröhl: „Dat helpt all nix, een Häk schall doarto."

He harr Snieder Hecht bi de Krips kregen un har em dalsmeten in dat swatte, stinkige Water, dal na dat Hundgeripp un de ole Holtschoh. — Doar leeg he nu un kunn nich op de Been kamen. (He weer lahm von sin Kinnerdag an.) He reep üm Help un keek mit grote, bange Ogen üm sik. Awers rund üm dat Lock stünn de Lüüd un güngen rein in de Knee för Lachen, hauten sik gegensietig op de Rüch un schregen: „Een Häk hebbt wi, een Häk hebbt wi, de kann blot nich recht swimmen!!" —

Doar keem dat korte Kommando von de Füürwehrhaupt-
mann: „Rausholen!"

Se kregen em ok flink rut, un nu leeg he doar op de Koppel,
dreckig von en Enn to de annere, un he schudder över de
ganze Liev.

Dat Gesicht weer in't Gras drückt, he ween. —

„Minsch, Markus, dat hest du fein maakt, du büss doch
nich so dösig as du utsehn deist. Komm, dat is en Köm un
Beer wert", schree Kaack sin Knecht, sloog em op de Schuller
un güng na't Telt.

„Ja, doar steiht en op", schreen de annern, „Minsch, wat
en Gaudi. Prost op de Häk."

Buten op de Koppel leeg de Kröger sin Köksch op de Knee
bi Snieder Hecht. Se har sin natte Kopp in ehr Schoot liggen,
wisch mit de witte Schört över sin Gesicht un ween: „Min
Jung, min stakkels Jung, du."

Ut dat Telt klung Lachen un Gröhlen, un de Musik speel:
„Freut euch des Lebens". — — —

Malöör

Bi uns in't Dörp stünn en Kaat, de weer man lütt, awers twee Mannslüüd un twee Köh harrn Platz darin. Wenn man goot indeelt, denn geiht allens, un bi Peter un Fiete weer dat fein indeelt, dat müss man jüm laten. De beiden weern Bröders. As se noch en beten jünger weern, güngen se as Daglöhner ut. Se weern överall gern sehn un harrn jümmer genog to doon. —

— Nu weern se all en beten stakkelig un stief, wat en Wunner, se weern nich mehr de jüngsten. As ik all seggt heff, de Kaat weer man lütt. An de eene Enn harrn se de Slaapkamer mit en grote Bett, de riek för twee. Doar weer Stroh in, en eegenmaakte Ünnerbett, swaar as Bli, en Wulldeek, un denn en Fedderdeek to'n Todecken. „Doar weiht di de Kopp nich af", sään se. — In de Eck stünn en Kist mit Tüüch. —

Denn keem de Köök. Doar har man ok nich mit Platz aast. En Disch, paar Böck, en Wandschapp, Törfkasten un Herd.

De Herd stünn bi de Stalldöör, glieks üm de Eck. Döör is to veel seggt, dat weer en Döörlock mit en Sack för. Dat weer praktisch, en Kohstall is jo jümmer warm, un so weer de Köök ok mollig.

Wenn de Köh nu en beten lang anbunnen weern, denn kunn dat jo mal angahn, wenn se trüchaars güngen, dat se mit dat Achterdeel in de lütt Köök kemen. Mal setten se denn ok en Klacks af, awers dat weer nich slimm, wotau hett man en Bessen!

Eenmal harr dat awers doch meist en dulle Malöör geven. — Peter un Fiete wulln Speckstipp mit Pellkartüffeln eten. Op de lütte Herd stünn de swatte Isenpann, full mit hitte Speck, weer all richtig fein bruun.

Nu dreep sik dat so, dat an den Dag de Flegen jüst so aasig weern, un de beiden Kohsteerten güngen as en Perpendickel, hen un her, hen un her. As to all dat ok noch Navers Köter mit grote Gekläff achter de Kater dörch de Achterdöör in de Stall rinsuust keem, doar kreeg de Swattbunte doch so en Schreck, dat se wedder trüchaars in de Köök keem un mit de Steert in de hitte Speckstipp sloog. Se brööl op un sprung trüch un sloog mit de Achterbeen, dat de Klotten in de Köök flogen.

De Steert weer bös mitnahmen, awers de Koh hett dat överleevt. Mächtig argerlich weer dat för Peter un Fiete, se müssen sik mit de Rest in de Pann tofreeden geben, un dat weer man blots mehr en halve Patschon.

Lengen

Julius weer Knecht bi Hachts. He weer man lütt, har en lange Näs un grote Ohren un denn har he ok noch O-Been.

Smuck weer he nich, rein gaar nich. — Awers he weer en goode Kerl un har sin Hart op de rechte Plack.

Wenn dat Fröhjahr woer, denn weer sin Hart in Opröhr, un nich blot sin Hart. Kunn dat anners sin? Rundum blöht dat, un Minsch un Tier drängt to sinesglieken. Un he schull tokieken, jümmer blot tokieken? Dat hollt keen Peerd ut!

Doar müss Raad to, dat künn ok Hacht insehn. —

Dat weer wull nich reine Minschenleev, wat em doarto dreef, sik um Julius to kümmern, o, nä. Wi hebbt jo männigmal so'n lütten Düwel in uns, de uns kettelt, wenn wi anner Lüüds Swachhet marken. Un düsse lütte Düwel weer in Buur Hacht recht lebennig. —

Awers Julius hett doar nix von markt, Julius hett sik freut. —

„Ers muss du mal danzen lehrn", sä Hacht, ohne dat büss du blot en halve Kerl."

„Danzen", sä Julius, „wodennig schall ik dat denn maken, wokeen schall mi dat denn bibringen?"

„Nix lichter as dat", sä Hacht, „wi gaht op na de Kornböön, de is so glatt as de Kröger sin Danzsaal. Ik speel de Quetsch un du danzt denn mit Grete. Min Fru wiest jüm dat." —

„Wann geiht dat los?" sä Julius.

„Sünndagnamiddag", sä Hacht.

Greten weer Köksch bi Hacht. Se weer lang un dünn, un as se nu ehr lange Arms um Julius leggen dä, üm mit Polka antofangen, doar har se fein ehr Bussen op Julius sin Kopp leggen kunnt, wenn se en hatt har.

Hacht speel, — un denn güng dat los: eins, zwei, drei, un eins, zwei, drei.

Dat güng fein, ik weet dat, denn ik weer doar un heff mitdanzt. Wi Naverskinner harrn bannig Spaaß.

So güng dat denn nu meist jeden Avend: Polka, Rheinländer un ok Walzer.

„Na", sä Hacht, „dat geiht nu all bannig goot, awers nu schüllt wi noch geern wat för din Utsehn doon. Tööf mal, tööf mal, ik denk doar an min Steertrock. Is wull en beten lang, awers lever to lang as gar keen. Un denn en stieven Hoot, min »Kugelspint«, dat maakt sik jümmer goot."

So woer Julius denn utstaffert. De Rock gung em bit op de Hacken, un de Hoot stünn em op de groten Ohren. —

„Du büss en Sleef", sä Fru Hacht to ehr Mann, „wat schall all de Spijöök?"

Julius weer awers so vergnöögt, as he blot wesen kunn. He kunn danzen, he weer fein, un de ganze Welt weer sin!

„Muss wull nu noch en beeten in en »Liebesbriefsteller« lesen", sä Hacht, „denn kann eenlich nix mehr scheef gahn." —

As Aarnbeer weer, danz he mit Grete wull so fein, links rum un rechts rum, un sin Ogen de lüchen un de Ohren weern rot. Dat Leven weer en Spaaß!

Un to Wiehnachten weern se Bruut un Brögam, Julius un Grete.

In't Fröhjohr weer Hochtied, Hacht un sin Fru schenken jüm en grode Doppelbett un feine Linnentüch.

„Dat warr ik jüm nümmer vergeeten", sä Julius, „ji hebbt doch allens för mi daan, för mi un Greten." —

De Sünn lach, de Vagels sungen, Minsch un Tier funn toenanner, Julius har Grete, un all sin Lengen har en Enn.

Bruutsöken

Lang ut von't Dörp un achtert Holt
sitt op sin Buursteed Karsten Bolt.
Sin Fru is nu all tein Johr doot,
Hushöllersch is Katrina Roth.
Un denn is ok en Söhn noch doar,
Klaas Hinnerk, Boltens Junior.

Katrina is all stakkelig,
vergeetlich, muulsch un wackelig,
un Vadder seggt nu to sin Söhn,
he schall sik na en Bruut umsehn. —

Dat geiht Klaas Hinnerk an de Knaken.
„Mensch, Vadder, wie schall ik dat maken",
seggt he, „ik kenn mi doar nich ut,
wie maakt man dat un kriegt en Bruut?"

„Paß op", seggt Vadder, „ik weet all,
to Pingsten is hier Füürwehrball.
Du, Lena Henken weer mi recht.
Se weer as Buurfru hier nich slecht."

„Minwegen", seggt Hinnerk, „gah ik hen
to Füürwehrball, — un wat is denn?" —

„Mensch, stell di nich so dämlich an!
Ers makst du di mal an ehr ran
un giffs twee — dree Lakörchen ut.

Denn seggst du: »Schüllt wi nu mal rut?«
Un is se denn ers mit di gahn,
denn blieft ji af un to mal stahn.
Du striechels ehr denn övern Kopp,
un lett se di, drück ehr en op.
Un denn vertells du dütt un datt."

„Vertelln? Jo, Vadder, segg mi, wat?"

„Dat weet ik nich, dat find sik denn,
gah du man ers na'n Pingsball hen." —

Klaas Hinnerk is tofreen, he weet
op dat Gebiet nu goot Bescheed.
De Ool, dat is nu heel gewiß,
de weet, wi dat in't Leven is.

Pingsavend is he glatt babeert,
rein wuschen un pomadiseert,
un Vadder gifft en Teinmarkschien,
hüt schall de Jung nich knausrig sin! —

Scheef kunn nu eenlich nix mehr gahn,
wenn Lena bloß weer inverstahn. —
Doch Lena hett wat anners dacht:
se scherbelt immer mit Fritz Hacht.
Mal sitten se ok op de Bank
un grölen mit bi'n Rundgesang.
Toletz sing'n se noch in Duett
„die Beine von Elisabeth".

Klaas Hinnerk steiht un kiekt ganz baff,
von sowatt weet he nix von aff!
Doch — de Musik geiht em in't Bloot,
paar Punschen gäft de Rest an Moot.
Klaas Hinnerk denkt: Mit Tina Meesen

weer ik ok ganz gern buten wesen!
Doch dat kann he jo nu nich wagen,
doar mutt he doch ers Vadder fragen. —
Jüst will Lütt Tina ut de Doer,
doar seggt he flink: „Wiss en Lakör?" —
Ers is se nich recht inverstahn, —
denn is se doch noch mit em gahn! —

De Maan, de schien, de Nacht is warm,
doar nimmt he Tina in de Arm.
Denn fangt he an, ehr Rüch to striecheln
un Back an Back mit ehr to ficheln,
un denn op eenmal, mit en Schwopp,
drückt he Lütt Tina noch en op.
Klaas Hinnerk denkt, dat weer nich slecht,
so ward dat maakt, hett Vadder seggt!
Doch — was schall he bloß mit ehr snacken?
He steiht un striechelt ehr de Backen,
geiht achtern Tuun, un bi de Wicheln,
doar fangt he wedder an to ficheln.
Lütt Tina ward dat bald to dumm.
„Segg, Hinnerk, büss du eenlich stumm?"

Klaas Hinnerk weet nich, wat he schall . . .
Rums! — geiht doar in sin Büx en Knall!
Doar kiekt he Tina glücklich an —
nu weet he, wat he seggen kann:
„»Put« seggt de Mors, nich Söte?"

Leev!

„Marie", seggt Mudder, „dat ward Tiet,
du muss mal los naa fremde Lüüd.
Dat geiht nich blot üm't Geldverdeen,
du schalls mal von der Welt wat sehn.
Een jede junge Deern schall gern
en anner Stell de Huusstand leern.
Un kiek di ok de Mannslüüd an,
un hest du Meenung, holl di ran." —

To Maidag keem Mariechen denn
in't Naverdörp na Paulsens hen.
Doar schull se schrubben, melken, kaken,
de Kinner waschen, Betten maken,
se schull op Feld de Röven hacken
un ok mal Brot un Stuten backen. —

So na veer Weeken kiekt Marie
denn bi ehr Mudder mal förbi.
De freut sik: „Komm un sett di dal
un denn man los, vertell mi mal,
wie steiht dat af, is allens recht?
Un wie is dat mit Paulsens Knecht?"
Marie ward rot, denn lacht de Deern:
„Ik glööv, he mag mi bannig gern.
He hett mi, — ik kunn gar nix maken —
Schaapsköteln bi de Hals dalstaken."

Fiete Hink

Ik weet nich recht, wat nu wohr is an de Geschichte. Ik heff mi dat jo ok blot vertelln laten, awer Fiete Hink schall jo mal mit uns Herrgott snackt hebben. —

Dat weer an Palmarum, avends üm Klock tein. Fiete leeg all lang in de Puch. „Doar liggt man goot un dröög", sä he jümmer. He har en richtige Alkoven in sin ole lütte Kaat. Baven an de Koppenn har he en Luftklapp, un de güng rut na de Footstieg, de dörch de Wischen na'n Dörpskroog rünnergung.

Fiete kunn nich slapen. He leeg un dach över Gott un de Welt na, un dat allens doch nich so weer, at dat wesen schull. Uns Herrgott müss mal mit en Donnerwetter rinslaan, dach he. Dat kann jo wesen, dat he en beten luut dach hett, ik weet dat nich, awers op eenmal hört he en deepe Stimm dicht an sin Kopp: „Fiete, wo bist du?"

Fiete kreeg en bannige Schreck, awers denn sä he: „Ich bin hier, o Herr." —

Denn hört he wedder de Stimm: „Fiete, was sagst du bloß zu diese schlimme Zeiten?"

„Ja, Herr, es sind gar schlimme Tieden", sä Fiete! —

„Fiete, wir müssen da mal aufröntschen", sä de Stimm. —

„Ja, Herr, das müssen wir wull", sä Fiete.

„Denn wollen wir mal sehen, wie wir das zurechtkriegen, Fiete", sä de Stimm. —

„Ja, Herr, ich helf dich auch", sä Fiete.

„Gute Nacht, Fiete", sä de Stimm, un Fiete sä: „Gute Nacht, o Herr." —

Denn woer dat wedder ganz still, awers slapen kunn Fiete nich. He leeg de ganze Nacht un spekuleer, wie he nu tosamen mit uns Herrgott de Kraam regeln schull. Licht weer dat wahrhaftig nich. Awers wenn he jüst em, Fiete, to Hülp hebben wull, denn müss he sik wull anstrengen. Dat weer jo keen kleene Schiet, de rechte Hand von de böberste Regerung to sin. —

Awers je mehr he doröver naspekuleeren dä, üm so swarer is em sin Opgaav wull förkamen, un in sin Sorg hett he sik hier un doar ok mal mit sin Navers beraden. So heff ik dat denn ok hört, dat Fiete Hink mit uns Herrgott snackt hett. —

Ja, doar weern jo Lüüd, de sä'n, dat weer bloß Hein, unse Peerknecht wesen, de Slüngel, awers ik weet dat nich, heff mi dat allens blot vertelln laten. —

Fiete is ok nich mehr so richtig an dat Opröntschen kamen, denn as dat Harwst woer, leeg he enes Morgens doot in sin Alkoven. He seeg richtig vergnögt un tofreden ut. Nu har uns Herrgott em jo wull to sik nahmen, doarmit he von „höherer Warte" ut regeren schull.

Bruutkranz

Hüt is en Festdag, Hinrich Mark
föhrt sin Maria in de Kark.
So'n Hochtied, doar is man sik klaar,
de gift dat nich en jede Jahr.

De Fruuns de trecken suur de Snuut:
„Wat will he blot mit so en Bruut?
Se is so lütt un man so fien,
un sowat schall nu Buurfru sin!!
Is he denn ganz mit Dummheit slaan?
Dat kann doch nie min Dag angahn!! —"
„Komm neger, Trina, pass goot op
un kiek de Bruut mal op de Kopp!" —

„O nä, o nä, is nich to faten,
de Bruutkranz de is richtig slaten!!
Ik denk mi doch, he hett ehr nahmen
wiel doar watt Lütt's bi ehr schall kamen.
Op düsse Aart, — se is nich dumm, —
kriegt mennig Deern en Mann jo rum.
Ik bünn doch bang, de beid hebbt lagen,
se hebbt uns mit de Kranz bedragen."

„— Wat will he doch in alle Welt
mit ehr, se hett keen Penning Geld?
Min Minna, de hett faste Knaken,
Geld, Veeh un Sülvertüüch un Laken.
Dat is en Buurfru, as sik't hört.
Hüt is de Welt doch ganz verkehrt." —
„Naaa", seggt ehr Nawersch, „un min Lieschen
se hett jo ok noch Holt un Wischen,
dat muss du insehn, du, Sophie,
se is de betere Partie."

De Klocken lüüt, de Orgel klingt,
de Paster sprickt, de Kinner singt.
Doar ännert kener mehr wat an,
de beiden sünd nu Fru un Mann.

Pannkoken backen

So en Dokter kann wat beleven! He vertellt jo nix, dat dörf he jo nich, awers af un to kommt jo doch mal wat ünner de Lüüd. Kann ok wesen, dat Mine Kramer dat sülm vertellt hett, dat Malöör, so ganz „in Vertruen" natürlich! —

Dat weer so: Mine weer en düchtige Husfru, allens güng bi ehr fix üm de Eck. —

So stünn se denn ok enes Dages kort för Middag un back Pannkoken. De iserne Herd weer glöhnig, un ehr Kopp ok. —

Back du mal Pannkoken för en Reeg hungrige Jungs un för en Mann, de den ganzen Dag buten arbeiten mutt.

Se har dat bös hild! —

As dat denn mal angahn kann, Mine schull ehr Water laten, un doar weer Druck op! Wo schull se hen? Se kunn ehr Pannkoken nich verlaten. —

Awers fix as se weer, trock se de Aschschuuf ut de Herd, nehm ehr Rock hoch un strulle mit vulle Kraft doar rin. —

Nä, o nä, se har jo man nich doaran dacht, dat de Asch ok glöhnig weer. — As wenn en Vulkan Füür spütt, so föhr dat rut ut de Schuuf un op an Mines Achterdeel un beet sik fast. — Se schreeg, leet Pannkoken Pannkoken sin, smeet sik op Bett un jammer un ween, bit dat ehr Hannes na Hus keem.

„Wat is denn los mit di?" fraag he, „un worüm is keen Middag op'n Disch?"

Mine huul för sik hen, ehr Kopp deep in't Kissen drückt. —

„Wat is los, wat blarrs du? Büss wedder mit Kind?" sä he.

„Nä, nä, wenn't dat noch weer", jammer Mine, „dat is veel, veel slimmer." Denn trock se de Rock hoch un wies Hannes ehr Achterdeel. Dat müss jo sien. —

Hannes hett sik bös verfeert. Se seeg jo ut as en Flegenpilz, so knallrot un vull von Blasen. —

„Verdoori noch mal", sä he, „wie hest du dat denn maakt?" —

Ja, un so hett Mine em denn vertellt, wie dat all so kamen weer.

„So dösig kann doch blot en Fruensminsch sien" knurr Hannes, „awers dat help nu all nix, du muss wull nu na'n Dokter."

Dat weer lichter seggt as daan. Pingelig weer Mine nich, doar weer nie veel Akkervars mit ehr maakt worrn. Awers se kunn nich stahn un nich gahn. Se schreeg op för Wehdaag un full op dat Bett trüch un bleev liggen.

„So'n Schiet", sä Hannes, „denn mutt jo wull de Dokter kamen, so büss jo ok to nix to bruken."

Jo, un as denn de Dokter keem un se allens vertellt har, (dat müss se jo) doar hett he ehr denn ok wedder ganz fein torech kregen.

En Week müss se stramm liggen, un denn so na un na woer se wedder beter.

De Naverfruens keeken bi ehr rin, bröchen Middag för Hannes un de Kinner, un en frische Supp för Mine un seten un snacken mit ehr. Un Mine vertellt jümmer wedder, wo gruulich weh dat daan har, as ehr de Pott mit hitte Smalt umkippt weer un Lief un Been verbrennt har.

Mutt jo awers doch mal en verraden hebben, dat mit de Aschschuuf, woans kann ik dat sünst all weeten?

Süük

Bi uns in't Dörp, uns Naver Klaas,
he weer as Buur en ganze Baas.
He sett sik in mit vulle Kraft
för „produktive Landwirtschaft",
weer ok to Sted mit gode Raad
gev dat mal Striet bi en Avkaat.

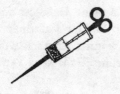

Bruk man em, weer he bi de Hand
mit Slurigkeit un mit Verstand.
Man sä, un dat is wull so wesen,
he seet ok öft to Bökerlesen!
Wat schull wull sowat goot för sin? —
Na, jede Minsch hett jo sin Splien. —

Doch, wenn in'n Swienstall Rotlauf weer,
denn nehm he gau sin Sprütt mal her
un jaag en Ladung Medizin
in'n Achtern von dat kranke Swien.
Dat duert nich lang, un in de Stall
weern all de Farkens wedder krall.

Een Namiddag, so üm Klock veer,
keem Naver Karsten in de Doer.
He sett sik op de Kökenbank:
„Du, Klaas, min Kinner sünd all krank."
„Nu", seggt he, „schickt mi min Marie.
Komm doch mal gau bi uns vörbi,
un dat ik dat blots nich vergitt,
bring Medizin un Sprütt gliek mit."

„Wat", seggt Klaas Buur, „wat schall ik sprütten?
Un segg mi mal, wat hebbt din Lütten?"
„De Süük", seggt he, „blot wat för en,
dat kann ik nich so richtig sehn.
Komm nu, wat goot is för de Swien,
kann nich verkehrt för Kinner sien." —

„Mensch, Karsten, dat geiht doch nich an,
haal du man Dokter Katermann.
Min Sprütt kann doch nich wunnerwarken,
un Kinner sünd jo ok keen Farken." —

Un Karsten: „Dat verstah ik nich,
büss sünst doch nich so knickerig.
Schall ik de Dokter denn betaln,
wenn ik för't sülve di kann haln?" —

„Du, Karsten, holl mi nich för dumm,
ik bring doch nich din Kinner um",
seggt Klaas ganz füünsch, „wat denkst du blot?"
Doar nimmt denn Karsten ok sin Hoot,
steiht op un geiht vertörnt sin Weg.
„Dat is von Klaas weet Gott nich recht.
Wi weern all lang ut all de Sneer,
wenn he blot's nich so dweerig weer."

Schoster Pick

He weer noch een von de ole Slag, Schoster Pick. He seet nich to Hus op sin Schosterbock un leet de Kunnen to sik kamen, nä, he trock von Buursted to Buursted, Rucksack op den Puckel, un wo dat wat to arbeiden geev, doar bleev he. — Dat kunn twee, dree Daag sin, keem doarup an, wat to doon weer. — Geld weer he jüst nich achterher, wotau ok?

Hus un Familje har he nich. — He kreeg jo allerwegens goot to eten un to drinken, dat weer mit afmaakt. — En paar Mark op de Tasch, denn weer he tofreden.

He drunk veel, — un allens, — un wenn he nix anners kreeg, denn koff he sik en Boddel Brennsprit, de reet ok! He mutt jo en Kallun as en Oss hatt hebben. —

Ansünsten seeg he ut as en Patriarch, wenigstens von wieten! He har witte Haar un en lange witte Baart, — un doar weer he stolt op. —

So tippel he johrin, johrut von Hoff to Hoff, ok in de Naversdörper. —

Dat Drinken woer mehr, de Arbeit weniger, un wenn he nich hier und doar mal en mitliedige Minschenseel funnen har, denn weer he mennigmal wull schier an't Verhungern wesen.

Bi'n Slachter kreeg he Wustennen, bi'n Bäcker en Knast Brot, un bi'n Kröger soop he de „Polacken" ut. Slapen dä he in'n Kohstall, so as he dat jüst andrapen dä, un denn kreeg he bi de Lüüd jümmer en warme Supp.

He weer mit sin Leven tofreeden, wenn man nich aff un to de Döst em so grulich piesackt har. Dat weer nich uttoholln.

So keem he denn an en Avend in de Dörpskroog rin. He

weer rein utdröögt! Keen Gröschen in de Tasch, nix mehr in de Boddel! Koolt weer dat ok. De Welt seeg düster ut!

An Krögers grote Disch seet en Flock Mannslüüd, de weern na de Dörpsversammlung noch en beten sitten bleven un klönsnacken noch mitenanner. De Teepunsch damp ut de Tassen, un bi de meisten weern de Köpp all rot.

As nu Schoster Pick so doar stünn, mit klamme Hannen, un Ogen, de em rein ut de Kopp fulln, as he de Punsch sehn dä, doar röhrt sik wedder in Buur Hacht de lütte Düwel. —

„Na, Schoster, mags en Punsch?" sä he. Un ob he dat möch!! He sett sik op de Stohl in de Eck, un denn keem een Punsch, un noch een, un noch een.

De Schoster sin Ogen woern hell, un de Hannen weern all lang nich mehr klamm. He keem richtig in de Fohrt. — „Stopp", sä Hacht to de Kröger, „dat kann nich bibliven."

Dat weer, as wenn man Luft ut en Ballon lett, so schrump de ole Schoster tosamen.

„Een noch, blot een noch", bettel he.

De Mannslüüd stoken de Köpp tosamen, tuschelten mitenanner, lachen luuthals, un denn sä Buur Hacht: „Schoster, du kannst di noch en Daler verdeenen, denn büss du fein rut. Wat hollst du doarvon?" „Verdeenen", sä de Schoster, „wat schall ik denn maken?"

„Dat is keen Arbeit, nä, dat is en Vergnögen, du schallst uns mal en Kunststück vörmaken. Is ganz eenfach."

„Dat gelt", sä de Schoster, „un krieg ik denn richtig min Daler?"

„De kriegst du", repen se all, „so wiss, as wi hier sitten." —

Hacht güng na de Kök, un denn keem he wedder mit en Kumm, so groot, dat jüst en Kopp rinpaßt. De weer vull von dicke, brune Sirup.

„Komm, Schoster", gröhlten se all, „nu wies, wat du kanns. Hier in de Sirup liggt en Daler, kanns du de mit de Mund ruthaln, is de din."

Schoster Pick besünn sik nich lang. En Daler, en ganze Daler!

Doar weern en masse Köm un Punsch in! Un licht verdeent! Doar schull he sünst lang för klütern!

He güng forsch op de grote Disch to un denn rin mit de Kopp in de Sirupskumm, dat de dicke Saft na alle Sieten rutleep.

Denn nehm he de Kopp wedder hoch, he müss mal Luft snappen, awers nich lang, denn duk he wedder, föhr rund in de Kumm un denn, jo, denn har he sin Daler.

De Mannslüüd kunnen för Lachen nich mehr op de Been stahn. Nä, wat seeg dat ut! Doar stünn de Schoster, de dicke, brune Sirup in dat ganze Gesicht, un de lange, witte Baart seeg ut, as wenn he dat Addellock doarmit feudelt har. Awers sin Ogen de lüchen in all de Smeer, denn mang sin letzte brune Tähn holl he sin Daler.

Doar woer lacht, dat Disch un Stöhl wackeln. Ok de Schoster lach, he kunn sik sülm jo nich sehn. He dach blot an sin Daler. —

Dat is doch fein, wenn Minschen sik gegensietig so veel Freud maken köönt, nich?

Toilette

Foftein Johr is dat all her,
dat bi Hacht de Hochtied weer,
un dree fixe Jungs sünd doar,
blau de Ogen, geel dat Hoar.
Awer Mudder Hacht will geern
noch en lütte, söte Deern.
Se snackt mit Vadder Adebaar,
un bald is ok dat Lüttje doar. — —
Un op de Dööp doar is dat dull,
dat ganze Huus is proppenfull.
För so en Fest hett jeder Tied —
Familje un de Nawerslüüd.
Doar gift dat Kaffee, gift dat Koken,
to drinken un ok wat to roken,
un in de Kök steiht Tine Teeten,
un broodt dat Swien för't Aabeneten.

Op't Sofa sitt, nä, is dat nett,
Herr Paster mit Elisabeth.
Se steiht, un dat is jo bekannt,
ers kort mit em in Ehestand.
Bi em is dütt dat dritte Mal —
doch dat is nu jo ook egaal. —

„So hab' ich denn in reifen Jahren
nochmal der Liebe Glück erfahren",
seggt he. — „Dat's goot", seggt Tante Lieschen,
„he brukt nich mehr in trüben fischen." —

Dat weer nu mal sin swache Siet:
dat Eten un de Fruenslüüd. —

Nu sitt he doar un füllt sin Maag,
de Sweet, de löppt em in de Kraag.
He langt sik noch de Tort mal her:
„Frau Hacht, Ihr Kuchen mundet sehr!" —

Fru Paster seggt: „Mein lieber Mann,
ich schau mir mal den Garten an."
He seggt: „Tu das. Ich warte hier.
Herr Hacht bringt eben auch das Bier."

Fru Paster geiht nu ut de Doer.
Lütt Peter, he geiht achterher. —
Se geiht un steiht un kiekt sik um,
doar ward dat Peter doch to dumm.
„Wat sögst du?" seggt de lütte Mann,
„kann ween, dat ik dat finnen kann."
„Die Toiletten, liebes Kind,
kannst du mir sagen, wo die sind?"

Lütt Peter he kiekt ganz verfeert.
Dat Wort har he noch nümmer hört. —

„Sag mir, ich hätte gern gewußt,
wo gehst du hin, wenn du mal mußt?"
„Aha", denkt Peter, „dat's de Knütt",

un deelt ehr glieks ganz iefrig mit:
„In Winter gaht wi na de Stall,
un Sommers sitt wi achtern Wall!"

„O nein", seggt se un lacht schaneerlich,
„das ist mir denn doch zu gefährlich."
„Nää", seggt de Jung, „probeer man mal.
Ik sett mi denn ok bi di dal.
Mi rummelt in de Buk dat ok.
Dat kümmt von Mudders Plummenkok.
Kiek doch, doar steiht ok Hannes Plaaten.
He mut ok mal sin Water laten.
Wees man nich bang un komm man fix,
sonst geiht di dat noch in de Büx."

Fru Paster ehr Gesicht ward rot,
wat schall se doon, de Druck is groot. —
„Mein Junge", seggt se, „bleib man stehn,
ich werde hintern Busch dort gehn."

„Mensch", seggt de Jung, „nimm di in acht,
doar sitt uns Trina jeden Dag.
Hest du naher noch Schiet an't Been,
denn schallst du mal min Mudder sehn.
Glöw mi, se smitt uns korthand rut!!"

„Ach laß man", seggt se, „ist schon gut.
Ich paß schon auf, es wird schon gehn,
nun warte man und bleib hier stehn."
Doch Peter knöpt de Büx sik daal
un seggt: „Ik schall doch ok eenmal."
Fru Paster denkt: Da hilft nichts mehr —
un seggt: „Komm, setz dich zu mir her."

Erlichtert gaht denn Fru un Kind
torüch, wo all de annern sind.

Fru Paster sett sik to ehr Mann.
He dreiht sik üm un kiekt ehr an
un seggt: „Na, war es draußen schön?
Du hast viel Neues wohl gesehn?
So merkst du nun, du Kind der Stadt,
welch eignen Reiz das Land doch hat."

„Ja", seggt Fru Paster, „sicherlich,
doch ist noch vieles fremd für mich."

„Ja", seggt Fru Hacht, „Sie haben recht."
Denn kiekt se Peter an un seggt:
„Na, Peter, wo büss du den ween?
Du schullst doch na de Küken sehn."

„Ik weer", seggt he, un lacht ganz krall,
„mit uns Fru Paster achtern Wall!"

Emanzipation

Bi uns in't Dörp gev dat en Gesangvereen, en „gemischte Chor" as man so seggt. Uns Schoolmeister öövt mit jüm, tweemal in de Week, an'n Deenstdag un Freedag. Dat is en reine un unschullige Vergnögen för de Lüüd, de singt, un mennigmal ok för de, de tohört. —

Dat Hart slog höger, wenn se denn op Aanbeer in'n Krog oder to Füürwehrfest so fein un fierlich sungen: „Wer hat dich, du schöner Wald" . . . oder: „Auf, auf zum fröhlichen Jagen". Dat weer wat, dat kunn man wull seggen. Lene weer ok doarbi. Se kunn singen, un dat is jo de Hauptsaak. Awers ehr Mann, Jochen, he weer so vertöörnt doaröver, dat he all morgens to Kaffee muulsch weer.

„Wat wüss du doar", sä Jochen, „hest dat wull op de Mannslüüd afsehn, wat?"

Dat har Lene ganz gewiß nich. Man seggt jo: Tugend ist ein Mangel an Gelegenheit, awers ok bi beste Gelegenheit weer Lenes Tugend nich in Gefahr kamen.

Eenlich kunn se jo ganz tofreden sin, dat ehr Jochen noch so eifersüchtig weer, awers dat weer dat nich alleen, se schull in't Hus blieven, so as he dat wull.

De olle Quarkpott wull ehr blot de Spaaß vermasseln.

„Ik will doch blot singen", sä Lene.

„Du singen?" sä Jochen, „Kann's genau so goot Hannes Peper sin ole Kater henschicken oder de Schoster sin Tiff. Un denn löps du hier to Hus ok noch to jauln, dat höllt keen Perd ut."

„Komm doch mit", sä Lene.

„Ik bünn doch nich dösig, dat langt, wenn een in't Hus

verrückt speelt. Ik kann di seggen, di driev ik din Grappen ok noch ut", sä Jochen füünsch.

Ja, doar weer bös Rook in de Köök, un dat jeden Dag.

Awers Lene güng to'n Singaabend, wenn de Ool noch so muulsch un gnatterig weer. — Dat weer so in de Weeken för Wiehnachten. Se harrn in de Singstünn „Ehre sei Gott in der Höhe und Friede auf Erden" . . . öövt. Freden! Bi Lene weer keen Freden. Se wüss, wenn se na Hus keem, güng dat Gequark wedder los, oder Jochen seet in de Eck un paff sin ole Stinkknaster, dat allens blot blau weer, — un denn sä he keen Wort. —

Awers düttmal keem dat anners. Dat weer düster in't Hus, un as Lene in de lütt Stuuv keem, un Licht maak, doar kreeg se en Schreck. —

Ehr feine stickte Dischdook leeg in de Sofaeck, un op de bruune Disch har Jochen mit Kried schreeven: Ges du singen, ge ich sauffen!

Lene güng in de Slaapkamer, legg sick in't Bett un ween ers mal liesen.

Awers se fung sik wedder un sä för sik hen: „Na, tööv du man." —

So üm Middernacht buller dat an de Döör, un as Lene opmaak, stünnen doar twe Jungkerls, un twüschen jüm hung Jochen as en natte Sack.

Doar seeg Lene rot! Se kreeg em bi de Krüüsen un slääp em na de Slaapkamer. Doar stell se em in de Eck un fung an, em dat Tüüch von't Liev to trecken.

Wenn he sik wehren wull, kreeg he en an de Piepenkopp, un se schreeg em an: „Bliev staan, du Swien!" — Se weer so füünsch, dat se em noch een för den blanken Achtersten knall, as he all in't Bett leeg.

Dat weer all Klock tein, as Jochen annerndags morgens ut de Kamer keem. He seeg leeg ut!

Lene stünn mit en strenge Gesicht an de Kökendisch, en Koffer un annere Packelaasch stünn bi ehr. „Na", sä se, „kümmst du endlich mal, denn kann ik jo gahn. Tschüs!"

„Gahn?" stamer Jochen, „gahn? Wo wills du denn hen?"
„Weg", sä Lene, „weg von di. Ik komm ok nich wedder."
„Wer is de Kerl?" schreeg Jochen.
„Püt", sä Lene, „wat geiht di dat an?"
Se dreih sik kort üm un lang na ehr Koffer.

Doar güng doch Jochen in de Knee, greep na Lenes Rock
un jammer: „Bliev bi mi, Söte, mehr kann ik nich seggen,
awers bliev bi mi."

„Ik heff de Näs voll von din Quark", sä Lene, „dat geiht
jo doch wedder los. Un denn kümmst du na Hus as en
Swienegel, nä du, dat maak ik nich mehr mit."

„Lene, Lene, du kanns nu singen, so veel du Lust hest. Ik
heff mi doar nu ok so an gewöhnt, ik mag dat richtig all gern
hörn. Gah du ok man wedder to Singstünn. Ik quark nich
mehr, Lene, awers bliev hier, Lene, bliev hier."

„So, so, op eenmal geiht dat", sä Lene, „un dat schall ik
glöven? Awers versöken kann ik dat jo mal, wenn du awers
wedder anfangs, bin ik weg, dat kanns mi glöven."

Jochen full en Steen von't Hart, un doch weer he bang
togliek. Wat weer doar blot mit ehr, mit Lene? Har se wull
doch wat in Achterhand, dat se so mit em snacken dä?

Lene hett noch veel sungen, Wiehnachten un Ostern in de
Kark, un op Dörpfest in de Krog, un Jochen hett nix mehr
seggt, nie mehr. Un dat weer för mehr as föftig Jahr in uns
lütte Dörp. Eenlich har Lene en Orden verdeent, nicht?

Se snackt in Slaap

Lütt Inge krüppt op Mudders Schoot.
„Wat is, min Kind?" fraagt ehr Fru Roth.
„Ik weet nich, wat uns Berta hett,
se snackt doch jede Nacht in't Bett.
Ik heff dat güstern wedder hört
un heff so dull mi doch verfeert.
Mal hört sik dat as Berta an, —
un denn snackt se jüst as en Mann.
Se is wull krank, wat schüllt wi maken?
Se snackt ok all so'n dwatsche Saken.
Se seggt: „Nu kumm man neger ran
un stell di nich so dösig an."
Denn knackt dat Bett un Berta lacht,
mal jucht se op, denn seggt se sacht:
„Man still, de Kinner könt dat hörn."
„Ik denk mi doch, de slaapt, de Goern",
brummt se denn, mit en groffe Stimm. —
Glööv, Mudder, dat is richtig slimm.
Se mutt naa Doktor Hävermann,
Kann ween, dat he er helpen kann." —

„Se bruukt keen Dokter, lüttje Deern",
seggt Mudder, „dat künnt wi kureern.
Von hüt an slöpt ju Broder Jan
in Bertas Kamer blankenan.
Se kriggt de Kamer un dat Bett
wo unse Jan sünst slapen hett.
Ik pass goot op un schall wull hörn,

wenn se fangt an to fantaseern.
Nu wees man still, kümmt allns trech,
se dröömt nu seker nich mehr slecht." —

Nu is dat Nacht, doch Jan, he waakt.
De lütten Deerns de liggt un slaapt. —
Doar kloppt dat an dat Finster an,
ers lies, denn luut, denn seggt en Mann:
„Du Berta, Berta, laat mi rin,
du glöövst jo nich, wie koolt ik bün." . . .
Doch Jan, knapp dat he wat hett hört
is glieks na't Finster henmascheert.
„Hau aff", gröölt he, „wat fallt di in?
Wi laaten hier keen Spitzboov rin." . . .

Lütt Inge nimmt ehr Swesters Hand
un seggt to ehr: „Wees man nich bang."
„Ik bün nich bang", seggt se, „worum?
Dat is doch jümmer blots Karl Brumm."

Mette

Mette müch gern eten: Swattsuur mit Klümp, Pannkoken un Boddermelksupp, Grüttwust mit Sirup, Stuten mit Bodder un Swattbrot mit Speck, allens wat goot smeckt, un denn nich so wenig doarvon!

Mette weer man lütt, awers so rund as en Tönn. — Autos gev dat jo noch nich op Dörp, doar weer se ok nich rinkamen,

man wenn se mal utföhrn schull, denn hung de Fedderwaag ganz scheef. —

Awers, se weer jümmer ganz vergnögt, bet se in de Jahren keem.

Doar wull ehr dat Eeten af un to nich so richtig bekamen. Se kreeg Sodbrennen, doar hulp ok keen Kööm mehr.

So meen ehr Söhn denn, se schull doch man mal na'n Dokter hen.

He hütz ehr op de Fedderwaag un denn güng dat los.

De Dokter kunn nich richtig wat marken un meen: „Vielleicht versuchen Sie es mal mit leichterer Kost und vor allen Dingen mit kleinen Mahlzeiten. Sollten Sie nach 14 Tagen keine Besserung verspüren, schicken Sie mir eine Probe Ihres Stuhlganges zur Untersuchung. Dann sehen wir weiter." —

„He hett goot snacken", sä Mette, „leichte Kost und kleine Mahlzeiten, he will mi wull verhungern laten. So wiet sünd wi denn doch nich, nä, nä!"

Awers as na 14 Daag dat Soodbrennen ehr jümmer noch piesacken dä, doar wull se doch lever en „Probe des Stuhlganges" na'n Dokter schicken. Dat kunn jo nich verkehrt sin.

Se har den Dag vörher Gröönkohl mit Swiensback un sure Gurken eten, un as se nu marken kunn, dat dat so wiet weer, nehm se en Schoohkasten un gung na „Tante Meier".

Dat gev denn ok en degern Patschon. Se sett de Deckel op, wickel noch en paar ole Gemeindebläder rum un güng in ehr Köök torüch.

Dat weer en beten feucht, dat ganze, awers en faste Stück Packpapier un en Tau rüm, denn har allens sin Schick. —

Ehr Söhn Fiete wöer losschickt, he schull dat Paket na'n Dokter bringen. Dat kreeg he ok fein maakt. He blev awers noch en beten in de „Warteraum" sitten un tööv, kunn jo ween, de Dokter wull em en paar Pillen mitgeven för Mudder.

Op eenmal woer de Doer opreten, de Dokter stünn doar, witt üm de Näs un reep: „Der Tierarzt wohnt nebenan!"

Fiete wüss nich, wat dat schull, awers de Dokter keek em jo an, un dat örnlich füünsch.

So stunn he op un güng na Hus un vertell dat all to sin Mudder.

„De ole Aap", sä Mette, „kümmt sik wunner klook för un kann nich mal finnen, wat mi fehlt."

Se is denn ok noch old worrn, Mette, ohne Dokter, un mit Amol un Pain — Expeller, un dat Eten hett ok jümmer wedder smeckt.

An dat Sodbrennen hett se sik wennt.

Swienslachten

Mensch, weer dat en Tummelum, wenn op en Buurhoff Swien slachtet woer.

Dat weer nich as hüütodags, man allens bi'n Slachter fein torechfiddeln laaten, nä, dat woer allens bi't Hus maakt. Doar keem denn so en Husslachter, dat weer en Afnehmsmann, oder ok en Daglöhner, keem doarup an, wer sik dörch de Johren hendörch „qualifizeert" har.

Bi uns in't Dörp weer dat Peter Ratje, he maak dat fein. Winterdags har he veel to doon, he güng von Hus to Hus, un he müss sik dat rein in de Kalenner ankrüzen, dat em dat nich dörchenanner keem.

Bi Lüders woer slachtet, un ik weer ok doarbi, so kann ik jo vertelln, wie dat so för sik güng.

Morgens fröh woer de Waschkedel anheizt, för dat Bröhwater, un de Backtrog stünn op de Lohdeel. Buten an de Muur stünn de Ledder, doar woer dat Swien ophungen, wenn de Darms ruthollt woern. Allens weer paraat.

Un denn keem Peter. Düttmal har he en Macker mit, dat Swien weer so swaar, meen he.

Ers kregen se mal en Teepunsch, wo schulln se sünst de Knÿÿf hernehmen. Dat hör doarto un weer ok richtig.

„Minsch, smekken de hüüt goot", sä Peter, „laat uns man noch een kriegen, is so koolt hüüt, un op een Been kanns jo nich stahn." Awers doarbi bleev dat jo man nich, se schulln jümmer gern noch een hebben, se weern noch to swach. —

As denn Peter all ganz glöönig in de Kopp woer un anfung to singen: „Mariechen, du süßes Viehchen — jum — bum — bum", doar sä Fru Lüders: „Nu is de Waterkedel leer, nu wüllt wi doch man sehn, wat dat Swien maakt, ans ward dat wull rein to laat."

„Jo, jo, machs recht hebben", sä Peter, nehm awers Punschtassen un Kömbuddel mit un güng rut.

As denn Buur Lüders ok rutkeem, um natosehn, op nu allens sin Richtigkeit harr, doar seet doch Peter mit sin Macker op de Kant von de Backtrog, un op de Knee holl'n se en vulle Punschtass.

„Nu segg mi blot, wo hebbt ji denn dat hitte Water her?" sä Lüders, „min Fru seggt, de Kedel is leer?"

„Hä, hä, hä", sä Peter, „an't Bröhwater hess nich dacht, wat?"

„Nä", sä Lüders, „dat is wull doch nich wahr, hebbt ji richtig Bröhwater sapen? Denn seh ik swatt!"

„Wat is doarmit?" fröög Peter.

„Ja, dat mag ik jo meis nich seggen", sä Lüders, un fahr sik mit de Hannen dörch dat Haar. „Nä, dat kann ik jüm nich seggen." He schüttel mit de Kopp un maak en ganz benaute Gesicht. —

„Denn segg doch, wat los is. Wat is mit dat Water?" sä Peter ganz verbiestert.

„Na ja", sä Lüders, „ik mutt jo doch wull rut doarmit, awers licht fallt mi dat nich, dat künnt ji mi glöven. Dat is en slimme Saak, dat! Vörgestern heff ik jüst in de Kedel Rottenkruut kaakt, to'n Veewaschen gegen Lüüs. Is jo en böse Gift, dat. — Mark ji all wat? Dat fangt mit Buukwehdag an!"

Peter woer witt as de kalkte Wand, un denn kipp he torüch in de Backtrog un sä nix mehr. Sin Macker sleek ut de Doer, un buten an de Stallmuur kotz he sik meis de Seel ut't Liev.

Lüders un sin Knecht drogen Peter na dat Heulock, un doar leeg he un röög sik nich. —

As he na korte Tied de Ogen opslaan dä, doar keek he ganz verbiestert un sä to Lüders: „Du, bünn ik nich doot?"

„Nä", sä Lüders, „dat büss du jo anschiens nich, doar hebbt wi noch mal Glück hatt. Slaap man noch en beeten."

Denn dreih he sik üm un grien för sik hen. —

Dat Swien blev noch en Dag an't Leven, awers ob man dat ok Glück nennen kann, för dat Swien, meen ik, dat weet ik nich recht. —